Recontado por Logan Avery
Ilustrado por Tom Bonson

Busco mi sombra.

Veo mi sombra.

Atrapo mi sombra.

Me coso mi sombra.

Llevo puesta mi sombra.

**Créditos de publicación**

Rachelle Cracchiolo, M.S.Ed., *Editora comercial*
Nika Fabienke, Ed.D., *Directora de contenido*
Véronique Bos, *Directora creativa*
Shaun Bernadou, *Directora de arte*
Stephanie Loureiro, *Editora asociada*
Caroline Gasca, M.S.Ed., *Editora superior*
Jess Johnson, *Diseñadora gráfica*

**Créditos de imágenes:** Ilustraciones de Tom Bonson.

**Library of Congress Cataloging-in-Publication Data**

Names: Avery, Logan, author. | Bonson, Tom, illustrator. | Barrie, J. M. (James Matthew), 1860-1937. Peter Pan.
Title: Peter y su sombra / recontado por Logan Avery ; ilustrado por Tom Bonson.
Other titles: Peter and his shadow. Spanish
Description: Huntington Beach, CA : Teacher Created Materials, [2020] | Audience: Grades K-1.
Identifiers: LCCN 2019051512 (print) | LCCN 2019051513 (ebook) | ISBN 9780743927871 (paperback) | ISBN 9780743928021 (ebook)
Subjects: LCSH: Spanish language--Readers. | Fantasy fiction.
Classification: LCC PC4115 .A785 2020 (print) | LCC PC4115 (ebook) | DDC 468.6/2--dc23



TCM Teacher Created Materials
5301 Oceanus Drive
Huntington Beach, CA 92649-1030
www.tcmpub.com

**ISBN 978-0-7439-2787-1**